AF363931

Vente du Samedi 20 Avril 1901

HOTEL DROUOT, SALLE N° 7

à 2 heures

TABLEAUX

Aquarelles, Pastels

DESSINS

Anciens et Modernes

BRONZES, TERRES CUITES

EXPOSITION PUBLIQUE

Le Vendredi 19 Avril 1901

de 2 heures à 6 heures

Me LAIR DUBREUIL, Commissaire-Priseur

Successeur de Me DUCHESNE

M. G. SORTAIS, Expert

PARIS — 1901

IMPRIMERIE MAULDE et RENOU

MAULDE, DOUMENC & Cie
IMPRIMEURS DE LA COMPAGNIE DES COMMISSAIRES-PRISEURS
Rue de Rivoli, 144

CATALOGUE

DE

TABLEAUX

Aquarelles, Pastels, Dessins

ANCIENS ET MODERNES

PAR OU ATTRIBUÉS A

Abbéma, Anastasie, Benassit, Benjamin Constant
Bernard, Boilly, Bonington, Brascassat, Calame, Cauchois
Ph. de Champagne, Chardin
Chintreuil, Corot, Coypel, Decamps, Diaz, Feyen-
Perrin, Français, Gainsborough, Géricault, Gill, Goeneutte
Houbraken, La Rochenoire, Lavieille, Lescure
Martinet, Mazerolles
R. Mengs, Méry, Morin, E. Muraton, Natoire
Ortmans, Van Os, Paulin Hébert
Pelouse, Piazetta, Porbus, Rapin, Saintin, A. Stevens
Trouillebert, de Troy
Troyon, Vernier, Vibert, Vogler, Wilkie, Wouverman, Wyld

AFFICHES, BRONZES, TERRES CUITES

DONT LA VENTE AURA LIEU

HOTEL DROUOT, SALLE N° 7

Le Samedi 20 Avril 1904, à 2 heures

Mᵉ Lair DUBREUIL	**M. G. SORTAIS**
COMMISSAIRE-PRISEUR	
Success. de Mᵉ DUCHESNE	EXPERT
6, rue de Hanovre, 6	4, rue Mogador, 4

Chez lesquels se distribue le présent Catalogue

EXPOSITION PUBLIQUE

Le Vendredi 19 Avril 1904, de 2 heures à 6 heures

CONDITIONS DE LA VENTE

Elle aura lieu au comptant.

Les acquéreurs paieront **dix pour cent** en sus
des adjudications.

MAULDE, DOUMENC et Cⁱᵉ, imp. de la Cⁱᵉ des Commissaires-Priseurs,
rue de Rivoli, 144.   400—95383

DÉSIGNATION

1 — **Abbéma** (Louise). Au bord du lac. Aquarelle. Feuille d'éventail.

2 — **Adelsward** (G. d'). Le Lavoir.

3 — **Anastasi**. Soleil couchant. Hollande.

4 — **Barnier**. Nature Morte.

5 — **Beffi**. Les trois Spadassins.

6 — **Bénassit**. L'émeute et la Curée. Deux dessins à la plume.

7 — **Benjamin Constant.** Orientale. Signée.

8 — **Bernard**. Portrait de femme Louis XVI. Dessin à la plume.

9 — **Bigaud**. Pont sur un cours d'eau. Sépia.

10 — **Bobie**. Fleurs.

11 — **Boilly** (Genre de). Portrait d'enfant. Cadre sculpté.

12 — **Boilly** (Genre de). Portrait de femme. Crayon.

13 — **Boilly** (Genre de). Portrait de femme. Crayon.

14 — **Boilly** (Genre de). Portrait de petite fille.

15 — **Boilly** (Genre de). Portrait de petit garçon.

16 — **Bonington** (Genre de). L'abandonnée. Aquarelle.

17 — **Brascassat**. Sorcière.

18 — **Caillou** (L.). Route en Forêt.

19 — **Callet**. Sacrifice à Cybèle. Cadre bois sculpté.

20 — **Callet**. Tête de femme bandée.

21 — **Campbell**. Vue d'Orient.

22 — **Calame** (Attribué à). Lever du Soleil.

23 — **Cauchois**. Panier de Chrysanthèmes.

24 — **Champagne** (Ph. de). Portrait d'Arnaud.

25 — **Chardin** (Genre de). Le Benedicite.

26 — **Chartier**. Deux Aquarelles.

27 — **Chéca**. Chevaux à la forge.

28 — **Chigot**. La Berge. Signé à gauche.

29 — **Chintreuil** (Attribué à). Paysage.

30 — **Coessin de la Fosse**. Pêche à la ligne.

31 — **Corot** (Attribué à Camille). Bords de l'eau.

32 — **Corot** (Attribué à Camille). Moulin.

33 — **Corot** (Genre de). Une Barque.

34 — **Coypel** (Ecole de). Les Jeux de l'Amour. Cadre en bois sculpté.

35 — **Daulnay** (A.). Croquemort et boucher chez le Marchand de vins.

36 — **Decamps**. Scène de massacre.

37 — **Delhas**. Un Pont dans un parc.

38 — **Diaz** (N.). Paysage.

39 — **Diaz** (Genre de). Fleurs.

40 — **Diaz** (Attribué à N.). Figure allégorique. Dessin.

41 — **Dumont** (H). Jeune femme et Colombe. Aquarelle.

42 — **Durbec**. Promenade à cheval.

43 — **Durbec**. Promenade en voiture. Deux pendants.

44 — **Ecole ancienne**. La Foi, sujet allégorique. Dessin.

45 — **Ecole ancienne**. Paysage, l'Etang. Crayon.

46 — **Ecole espagnole**. Moine en prière.

47 — **Ecole Française**. La Danse.

48 — **Ecole française**. Le Nid. Réunions ga-
lantes. Deux pendants.

49 — **Ecole française**. Portrait de femme.
Pastel.

5o — **Ecole française**. Femme lisant. Cadre
sculpté.

51 — **Ecole française**. Portrait d'enfant vêtu de
bleu tenant un volant et une raquette. Pastel.

52 — **Ecole française**. Portrait de jeune femme
coiffée d'un chapeau à plumes. Pastel.

53 — **Ecole française**. La lecture du testament.
Dessin.

54 — **Ecole hollandaise**. Cour des Miracles.

55 — **Ecole moderne**. Pêcheurs turcs au bord
de la mer.

56 — **Ecole de Rubens**. Le Christ au Jardin des
Oliviers.

57 — **Engalière**. Vue de Gênes, dessin rehaussé.

58 — **Fanelli-Saneli**. Le Chasseur et son chien.
Signé 1837.

59 — **Feyen-Perrin**. Le Départ pour le marché.

6o — **Feyen-Perrin**. La Vague.

61 — **Feyen-Perrin**. Portrait de femme.

62 — **Français**. Paysage.

63 — **Français**. Le Bain de Diane. Aquarelle, signée et datée 1883.

64 — **Gainsborough** (Attribué à). Le Moulin.

65 — **Géricault** (Attribué à). Tête de soldat russe blessé.

66 — **Gill**. L'Homme à la pipe.

67 — **Goeneutte**. Vue du port de Dunkerque.

68 — **Goeneutte**. Paris.

69 — **Gutl** (B.). La Lecture. Pastel, signé 1884.

70 — **Hooghe** (Genre de PIETER de). La Partie d'échecs.

71 — **Houbraken**. Portrait de femme.

72 — **Jourdan** (A.). Portrait de jeune femme en cheveux.

73 — **Lacoste** (E.). Portrait d'acteur. Aquarelle.

74 — **Lansac**. Femme nue.

75 — **La Rochenoire**. Chevaux au vert. Aquarelle.

76 — **Lavieille**. Vue de Constantinople.

77 — **Lawrence** (Genre de). Portrait d'Enfant.

78 — **Lescure.** Nature morte, signé 1882.

79 — **Lessore.** Paysage.

80 — **Liot** (P.). La Clairière.

81 — **Longa.** Intérieur d'une cour.

82 — **Marec** (V.). La Fenaison.

83 — **Martens** (W.). Portrait de femme en buste.

84 — **Martinet.** Tournant de rivière.

85 — **Mazerolle.** Esquisse de Plafond.

86 — **Mélin.** Epagneuls français.

87 — **Mengs** (RAPHAEL). Portrait d'un artiste.

88 — **Méry** (E.). Coq chantant. Aquarelle.

89 — **Millet** (Genre de). Tailleur de pierres.

90 — **Millet** (Genre de). Paysanne bretonne.

91 — **Morin** (Louis). Etude de Bretons.

92 — **Muraton** (EUPHÉMIE). Pêches.

93 — **Natoire.** Allégorie.

94 — **Ortmans.** Vallée du Mont Ussy, forêt de Fontainebleau.

95 — **Os** (VAN). Moutons.

96 — **Paulin-Hébert.** La Place du Marché à St-Valéry-en-Caux.

97 — **Pelouse.** Sous bois, forêt de Fontainebleau.

98 — **Piazetta.** L'Amitié.

99 — **Piazetta.** L'Ingratitude.

100 — **Piazetta.** Homme au Poisson.

101 — **Piazetta.** Femme au Poisson.

102 — **Porbus.** Portrait de Seigneur.

103 — **Prud'hon** (Ecole de). La Foi.

104 — **Prud'hon** (Ecole de). Les Présents de
l'Amour.

105 — **Rapin.** Mer calme.

106 — **Rigolot.** Bord de Rivière.

107 — **Saintin** (H.). Le Puits.

108 — **Sanzio** (Ecole de Raphael). Vierge.

109 — **Sichet.** Portrait d'homme.

110 — **Sichet.** Portrait de femme.

111 — **Stévens** (A.). Marine.

112 — **Suvée.** Personnages. Deux dessins au
crayon.

113 — **Swebach** (Ecole de). Déjeuner dans la
forêt.

114 — **Trouillebert.** Une Ile sur le Cher à
Manneton.

115 — **Troy** (Attribué à De). David et Bethsabée.

116 — **Troyon** (Constant). Vue de chaumières à Sèvres .Etude.

117 — **Troyon** (Genre de C.). Paysage.

118 — **Troyon** (Attribué à). Sanglier.

119 — **Verlat**. Tête de chien.

120 — **Vernier** (Emile). L'Abreuvoir.

121 — **Vibert**. Intérieur d'Eglise à Tolède.

122 — **Vogler** (Paul). Paysage.

123 — **Wangaerdt**. Route sur la lisière d'un bois. Paysage hollandais.

124 — **Wilkie** (Attribué à). Fumeurs.

125 — **Wouwerman** (Ecole de). Scène de Camp.

126 — **Wouwerman**. Scène champêtre.

127 — **Wyld**. Gondoles à Venise. Aquarelle.

128 — Collection de 72 Affiches : Plages et Villes d'eaux. Sites de l'Auvergne, la Bretagne, la Hollande, le Midi, la Normandie, la Suisse, les Vosges, etc.

Par Berton, Chéret, Fraipont, Fussli, Grunn, Hugo d'Alesi, Moreau, etc.

129 — Sous ce numéro : Tableaux omis.

BRONZES

Cinq Médaillons en bronze de DAVID D'ANGERS :

129 *bis* — La Duchesse d'Abrantès.

130 — Lœtitia Bonaparte, mère de l'Empereur.

131 — Impératrice Joséphine.

132 — Maréchal Ney.

133 — Georges Cuvier.

TERRES CUITES

134 — **Carrabin** (R.). Tête de rieuse. Buste.

135 — **Carrier-Belleuse.** Buste de femme.

136 — **École Française du XVIII**[e] **siècle.** Projet de Tombeau. Maquette.

137 — **Fossé** (A.). Souvenir de la Nuit du 4 (Victor Hugo).

138 — **Frémiet.** Faune et Oursons.

139 — **Maubach** (A.). Femme voilée.

140 — **Maubach** (A.). La Douleur.